행복의 장

어르신 이야기책 _207 중간글

행복의 장

초판 1쇄 발행일 2018년 3월 9일

지은이 김소운
그린이 김영희
펴낸이 이원중

펴낸곳 지성사 출판등록일 1993년 12월 9일 등록번호 제10-916호
주소 (03408) 서울시 은평구 진흥로1길 4(역촌동 42-13) 2층
전화 (02) 335-5494 팩스 (02) 335-5496
홈페이지 지성사.한국 | www.jisungsa.co.kr 이메일 jisungsa@hanmail.net

© 김소운 · 김영희, 2018

ISBN 978-89-7889-367-1 (04810)
      978-89-7889-349-7 (세트)

이 도서의 국립중앙도서관 출판예정도서목록(CIP)은 서지정보유통지원시스템 홈페이지
(http://seoji.nl.go.kr)와 국가자료공동목록시스템(http://www.nl.go.kr/kolisnet)에서
이용하실 수 있습니다. (CIP제어번호: CIP2018006008)

행복의 장

김소운 글 · 김영희 그림

지성사

동화

  겨우 인제 7,8세밖에 안 돼 보이는 어린 소년이
공중전화를 걸고 있었다.

누구 심부름인지, 제 볼일인지, 전화통에 5원을 넣을 때
발돋음을 해서 간신히 손이 자랐다.

그렇게 어린놈이다.

첫 번째는 미처 수화기를 들기 전에 돈을 넣은 것인지
아무 응답이 없다.
한참을 기다리다가 수화기를 도로 걸었다.
땡그랑 소리가 나면서 5원이 떨어진다.

두 번째는 걸린 모양이다.

"여보세요…… 여보세요…… 아무개네 집입니까?"

그러고는 몇 마디 문답을 하더니 실망한 얼굴로
다시 수화기를 놓는다. 잘못 걸려 딴 데가 나온 것이다.

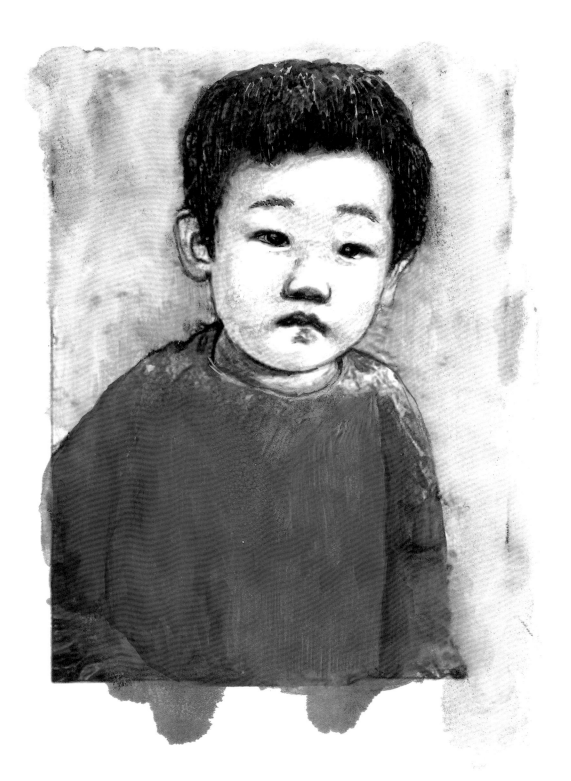

어른이면 이럴 때 5원을 또 넣어서 한 번 더 걸어본다.

전화 한 통에 20원을 쓴 경험이 V씨에게도 있다.

소년은 가진 돈이 없었던지 단념하고 되돌아선다.

다음은 V씨가 전화를 걸 차례다.

그러나 V씨 눈에는 소년의 얼굴이 무언지 쓸쓸하게

보였다. 돈 5원 문제가 아니다. 그럴 때의 허전한

뒷맛이란 누구나 겪어 본 사람이면 알 것이다.

"얘!" 하고 V씨는 돌아서려는 소년을 불렀다.

"너, 전화도 못 걸구 괜히 5원만 손해 봤구나…….

옜다, 그 손해 내가 물어 줄게……."

그러면서 손에 쥐었던 5원짜리 하나를 어린놈 앞에
내밀었다.

크건 작건 선행이란 쑥스러운 법이다. 도회(都會)살이
어른들의 이 사치스런 자의식(自意識)…….

V씨로서는 혹시나 소년이 또 한 번 전화를 걸고 싶지나
않나 하는 그런 생각도 있었지마는 한편에는 만일에
그런 돈 받기를 소년이 치사스럽게 안다면 어떡하나?

"일 없어요!" 하고 그냥 가 버린다면? 하는 주저도 없지
않았다.

그러나 그런 기우(杞憂)를 가질 새도 없이 어린놈은
활짝 기색이 펴지면서 V씨의 손에서 5원을 받아 쥐고
신이 나서 큰길 쪽으로 달려갔다.

동화(童話)는 여기까지다. 그러나 그 날 하루 V씨는
씽긋 웃고는 그 손에서 5원 하나를 집어 간 어린놈의
눈동자를 잊을 수가 없었다.

메마른 서울살이에서 잠시나마
그런 순간을 가질 수 있었다는 것이
V씨에게는 그지없이 흐뭇하고 행복스러웠다.

그나마 그 행복의 대가는 단 5원.

12

버스값 508원

시내 버스가 8원 하던 재작년 겨울,
V씨는 서울역 쪽에서 종로로 오는 버스를 탔다.
버스간은 그렇게 사람이 많지 않으나 앉을 자리는
없었다.

가까운 자리에 앉았던 청년 하나가 일어서면서
"여기 앉으세요" 한다. 다음에서 내리려나 보다 해서
V씨는 그 청년이 물려준 자리에 앉았다.

청년은 다음 정류소에서도 내리지 않았다.
그다음에서도 또 그다음에서도…….

내리는 것이 아니요, V씨를 위해서 일부러 자리를
내어 준 것을 그제야 알았다.

   청년은 제법 커다란 네모진 가방 하나를 손에 들고 있다.
몇 살 나이를 더 먹었다고 해서 짐 가진 사람의 자리를
물려받았다는 것이 V씨에게는 무언지 거북하고
미안스러웠다. 그러자 버스가 종로에 닿았다.

   청년은 거기서 내렸다. V씨도 내렸다. 우연히 같은
방향으로 걷게 되자 V씨는 우스개처럼 말을 건넸다.

   "내가 그렇게 노인으로 보였나요? 일부러 자리를 비켜
주게……."

"아니에요."

청년 입에서 예기치 않았던 대답이 나왔다.

"장갑 안 낀 손으로 철봉을 쥐고 선 것이 무척 차갑게
보여서요."

겨울 들어 두 번이나 산 장갑을 두 벌 다 잃어버리고,
V씨는 세 번째 장갑을 사랴마랴 망설이고 있던 참이다.

(장갑 안 낀 손이 차갑게 보여서……)

청년의 그 마음씨가 눈물겹고 고마웠다. 다시 물었다.

"집이 이쪽인가요?"

밤들어 무거운 가방을 들고 시내로 들어온다는 것은
약간 변칙(變則)이다. 여행자로는 보이지 않았고,
집으로 돌아가는 사람과도 어디인지 다르다.

"집은 J동입니다만, 밤마다 이쪽으로 나와서 행상을
합니다."

"낮에는?"

"낮엔 H대학을 다닙니다."

20원짜리 껌에다 고학생료(苦學生科) 10원을 더 붙여서

30원씩 받는 그런 고학생을 V씨는 경원(敬遠)한다.

'껌은 팔지언정 행여 고학생은 팔지 말아라.'

그것이 고학 선배인 V씨의 지설(持說)이다.

그러나 고학생 티를 내지 않는 이 행상 청년에게

V씨는 이 날 저녁 첫 손님이 되리라는 생각이 들었다.

　V씨의 주머니에 5백 원 지폐가 너덧 장 있다.

그 한 장을 꺼내면서

"오늘 버스 자리 값, 이걸로 내가 사지……."

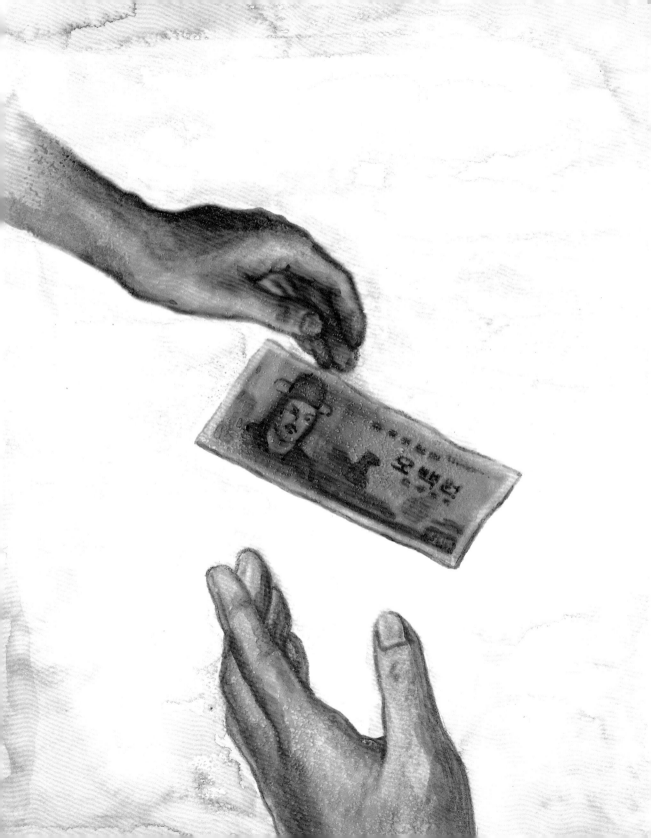

그러면서 사양하는 청년 손에 그 5백 원을 쥐어 주고 V씨는 만날 사람과 약속한 다방 쪽으로 걸음을 옮겼다.

시내 버스를 508원으로 탄 V씨의 행장을 빈축하고 나무랄 사람도 응당 있을 것이다. 달콤한 인도주의, 세정(世情) 모르는 낭비가 — 그렇다고 해서 짭짤하게 살면 얼마나 짭짤할 것이며 세상을 알면 얼마나 알더란 말인가?

장갑 없는 V씨의 심경(心境)이 그 날 저녁만은 장안 갑부 부럽지 않게 뿌듯하고 풍족했던 것만은 사실이다. 마치 모르기는 하나 그 날 밤의 V씨를 당할 만한 '마음 부자'도 서울 거리에 그다지 흔치는 않았을 것이다.

그러나 인생에 대한 선의의 씨앗이 언제나

선과(善果)만을 맺지 않는다는 사실을 V씨는 알고 있다.

구름장 같은 슬픔이

V씨의 80 넘은 백모(伯母)님 한 분이 바로 수일 전에

세상을 떠났다. 고향인 부산서 전보가 왔는데도 V씨는

장례식에 참례를 못 했다.

그 전보를 받고 50년이 더 지난 어린 시절의 기억이

V씨의 머릿속에 되살아났다.

V씨의 백모님은 영도(影島)섬 대풍개라는,

송도(松島) 쪽에 제일 가까운 갯가에 살고 있었다.

V씨가 몸을 붙이고 있는 나루터 숙부 댁과는 내왕

5리 길은 되는 상거였다.

　　V씨가 아홉 살 된 어느 날 심부름으로 백모 댁에를

갔더니 백부는 안 계시고 백모 한 분만이 자리에 누워

있었다. 팔목인지 발등인지에 화상을 입었다는 것이다.

　　V씨는 어린 마음에도 민망했다. 징크유(油)나

아연화연고 같은 것이 그 당시에도 있었으련마는,

가난한 살림에 약을 살 돈이 없었던지 불에 덴 자리에는

된장을 싸매었다고 한다.

"우물 안에 낀 이끼가 좋다지만 어디 이끼 있는

우물이 있어야지……."

백모님은 따가움을 참는 얼굴로 그런 말을 했다.

심부름을 마치고 돌아오는 길로 V씨는 이웃에 있는

일본인 집 우물로 갔다. 장대 끝에다 철사를 감은 것을

들고, 한 손에는 빈 깡통을 쥐고 ㅡ.

몇몇 집이 공동으로 쓰는 우물에 시퍼렇게 이끼가

끼어 있는 것을 V씨는 알고 있었다.

여남은 길이 넘는 깊은 우물 속에서 돌에 붙은 이끼를

긁어 올리는 작업은 생각한 것처럼 그렇게 쉽지 않았다.

얼마나 시간이 지났을까? 컴컴한 물속을 들여다보고는

정신없이 장대질을 하고 있는 V씨의 귓전에

우물집 주인 아줌마의 꾸짖는 소리가 들려왔다.

"아스라니까, 또 그런 짓을 하고 있지!"

우물 속에 넣어 둔 붕어 새끼를 잡느라고 밥 낟알을

미끼로 일본 아이들이 이 우물에서 낚시질을 하는 것을

V씨도 몇 번 본 일이 있다. 일본 아줌마는 V씨가

거기서 붕어 새끼를 낚고 있는 줄 알았던 모양이다.

우물가에 놓인 깡통을 들여다보고는 "이게 뭔데?" 하고

묻는다.

약에 쓸 이끼를 따고 있노라는 V씨의 대답에

아줌마는 나무란 것이 미안했다는 듯이 혼잣소리로

"그런 게 약이 되나? 별약이 다 있지……."

하고는 그냥 안으로 들어갔다.

　아픈 팔을 바꿔 가면서 한 시간 가까이 장대질을

했는데도 이끼는 깡통에 채 반이 못 됐다.

V씨는 시각을 다투는 급한 마음으로 그 깡통을 손에

들고 대풍개로 달려갔다.

그러나 백모 댁에 닿아서 깡통을 내놓는 순간,
V씨의 선의(善意)는 산산조각으로 부서지고 말았다.

백모님은 깡통을 힐끗 들여다보고는

"무슨 이끼가 이래?"

하면서 문을 열어젖뜨리고 팔에 힘을 주어 행길에다
그 이끼를 내던졌다.

무안을 당하고 풀이 죽어서 돌아오는 길에도
V씨의 어린 머릿속에는 의문이 떠나지 않았다.

— 백모님이 말한 이끼란 파래처럼 길게 자란 것을
두고 한 말일까?

　— 그런 이끼가 우물 속에 있는 것일까?

　그런 의문의 한편에는 분한 생각, 구슬픈 생각도
겹쳤다.

　— 약이 안 될 것이라면 내가 돌아간 뒤에 내버려도
좋으련마는…….

　— 그렇게 고생고생해서 긁어냈는데…….

— 내가 긁어 낸 것은 이끼가 아니고 무어란 말인가?

평소에는 그렇게 인정머리 없는 영악한 분이 아니었다.

무슨 다른 속상한 일이라도 있었던가?

아니면 덴 곳이 너무 쓰라려서 짜증이 난 것일까?

시켜서 한 일도 아니요 자진해서 정성을 다한 일이 그렇게

여지없이 짓밟히다니…….

두꺼운 구름장 같은 슬픔이 가슴을 억눌렀다.

50년이 지났다.

V씨는 어느새 60고개를 넘어 사내로는 일족(一族)의

최연장자가 돼 버렸고,

백모님도 80의 천수(天壽)를 누리다가 마침내

세상을 떠났다.

　그 부음을 받고 되살아난, 어린 시절 마음에 깃들었던

비애(悲哀)― 그러나 그 비애는 뜻하지 않은 프리미엄을

V씨에게 갖다 주었다.

선의의 보수가 반드시 선의로만 돌아오지 않는다는 ―

인생의 그 불규칙동사를 미리부터 배웠기에,

그 뒤 긴 세월을 두고 때때로 부딪치는 인생의 모순과

비애 속에서도 V씨는 간신히나마

그 충격을 겪어낼 수 있었다.

유리 그릇에 뜨거운 물을 부을 때 먼저 적은 양을
부어서 그릇이 터지는 것을 미연에 막는다.

백모님이 의식해서 한 것은 아니언마는, 어린 시절,
행길에 내버려진 그 한줌 이끼가 V씨의 일생에
결과적으로 하나의 방파제 노릇을 해준 셈이다.

냉혈한 V씨

인간 생활의 현실에서는 선의보다도 악의가 백 배나
더 강력하게 작용한다.

넘어뜨리고, 짓밟고, 속이고, 앞지르고…… 그래야만

성공이 있고…… 그래서야만 행복이 있다고 한다.

　인생의 경기장에서는 선의란 지극히 무력하다.

　주먹질이 오고 가지 않고는 선거 하나가 제대로 되지

않는 나라.

　속임수나 에누리 아니고는 장사가 옳게 안 된다는

사회.

　행길가에서, 다방에서, 버스간에서, 하루에도 몇 차례

화통이 터지고 목에 핏대를 올려야 하는 우리들의

오늘날의 이 생활에서 선의란 말을 입에 담는 것부터가

얼마나 쑥스러운 노릇이며 얼빠진 짓일까?

오늘날의 이 사회에서는 한갓 치레감밖에 되지 않는 선의— 그 선의에의 향수를 꽁무니에서 떼어 버리지 못하는 V씨는 그러나 때로는 V씨 자신이 놀랄 만치 냉혈한으로 표변(豹變)한다.

어느 날 약속한 시간에 닿으려고 택시를 타고 V씨는 시내로 나왔다.

미터 요금은 1백50원—.

2백 원을 낸 V씨에게 운전수는

"잔돈이 없는가요?" 한다.

V씨의 지갑 속에는 10원 지폐라고는 두 장밖에 없다.

"없는데요."

　그러자 운전수가 30원을 거슬러 주면서
"잔돈이 이것뿐입니다" 한다. 으레 손님이 20은 탕감해
주리라는 얼굴이다.

　"안 되겠는데요."

　V씨는 좌석에 앉은 채로 매정하게 거부했다.

　약간 당황해진 운전수가, 마침 차를 타러 온
다음 손님에게 잔돈을 묻는다.
그 손님도 5백 원 지폐밖에 없다는 대답이다.

운전수는 하릴없이 길가 장사꾼에게 군밤 20원어치를
사고 돈을 바꿨다.

아마 속마음으로는 "이 구두쇠 같으니라구……" 하고
악담을 퍼부었을 것이다.

V씨는 기십 원의 거스름돈에 집착하도록 그렇게
규모쟁이는 아니다.
굳이 50원을 받으려고 든 데에는 연유가 있다.

G동을 떠나서부터 목적지인 K교(橋)에 닿을 때까지
길가에서 차를 기다리는 사람만 보면 이 운전수는 곁에
가서 "어느 쪽으로 가시지요?" 하고 묻는다.
방향이 같으면 합승을 시키자는 생각이다.

세계 어느 나라에도 이런 풍속은 아마 없으리라.

차가 모자라는 가난한 나라이고 보면 손님끼리 합승을

한다는 것도 만부득한 노릇이다.

그러나 그럴 경우에는 먼저 탄 손님에게 양해를 구하는

것이 상식이다.

다른 손님이 합승을 한다고 해서 요금이 싸지는 것은

아니요, 멈춘다, 태운다, 또 내린다 해서 시간의 손실도

약간은 입게 된다.

　더욱이나 V씨의 생활에는 혼자 있는 시간,

생각할 시간이 필요하다.

택시로 달리는 몇십 분의 시간이 아쉬울 때도 있다.

이 운전수는 일체 선객(先客)의 양해 없이 네다섯 번씩

차를 멈추고는 합승할 손님을 찾았다.

차를 다루는 솜씨도 지나치게 거칠다.

급정거로 두 번 세 번 브레이크 소리를 내는

이 선글라스를 낀 젊은 운전수에게는 아무리 V씨기로서니

선의를 가질 나위가 없다.

'잔돈'이 과연 없었는지, 거기도 의문이 있다.

그렇게 끈질기게 손님을 합승시키려던 운전수다.

잔돈이 있고도 족히 그럴 수 있으리라.

이럴 때 V씨의 신경은 쇠가죽처럼 질겨진다.

쌀 미(米)자 한 자(字)

젊은 시절 V씨는 도쿄서 뜨내기 간판장이를 한 적이
있다.
간판장이도 천층 만층 ― 이름은 근사하나
실상은 남의 집 유리문이나 외등에다
서투른 글씨를 쓰고 다니는 난장 글씨장이였다.

유리라면 잘못 써도 휘발유로 지우고
고쳐 쓸 여지라도 있지만,
진열장의 덧문 같은 값나가는 나무 바탕에다
글자를 쓰라는 데에는 진땀이 났다.

하룻밤 동안 유리 위에다 쓰고 지우고 해서

벼락 연습을 한 그런 엉터리 솜씨로 돈을 번다니

보통 배짱으로 될 노릇은 아니다.

가이조샤(改造社)란 이름난 출판사 근처에 있는

어느 싸전〔米穀商〕에서 2층 벽면에다 커다랗게

'쌀 미(米)' 한 자를 써 달라는 주문이다.

그나마 반듯한 정자체로―.

열 평은 되는 널따란 벽에다 멀리서도 눈에 뜨이게

'미(米)'자 한 자를 쓴다는 것은 관음경(觀音經)의

전문(全文)을 옮겨 쓰기보다도 더 어렵다.

어림없다고 이실직고로 물러 나오면 되련마는,

그만한 수입을 외면하기도 애석할뿐더러 이집 주인이

그 근방 차고에서 V씨가 쓰는 글씨를 보고,

간판장이 글씨답잖아 마음에 든다면서

일부러 청해 준 '일거리'다.

이런 흥감한 고객을 놓치다니 될 말인가?

V씨는 서투른 광대가 줄을 타는 기분으로

망신을 당하면 당해라 하고 사닥다리를 올라갔다.

두어 시간이 넘도록 천신만고해서 어떻게

글자 형용만은 내었다.

사다리 위에서는 너무 가까워 요량을 잡을 수 없고,

한 획을 그을 때마다 내려서서 멀찌가니

바라다보고는 또 사다리를 오르고—

그러기를 수십 차나 되풀이하느라고 글자 하나에

엄청나게 시간이 걸려 버렸다.

　사람 없는 곳에서 혼자 할 수 있다면 또 모를 일—

구경꾼이 수십 명 발을 멈추고 서서 V씨의 어설픈

손끝을 쳐다보고 있다. 일인즉 난처하다.

　간신간신 '미(米)'자 한 자를 쓰기는 썼으나

아무리 눌러 보아도 삯을 주십사 할 얌체는 아니다.

남의 집을 버려 놓았다고 멱살을 잡혀도 두말은 못 한다.

V씨는 일을 마치고 사다리를 내려오면서도

그저 얼굴만이 화끈거렸다.

그때 구경꾼의 말소리가 V씨의 귀에 들려왔다.

"과연 장사가 다르구먼…… 보통 솜씨가 아닌데……."

"아무렴, 직업인 걸 그만이야 못 쓸라구……."

"말 말아…… 직업이라고 다 잘 쓰는 줄 아나?

저런 큰 글자가 더 어렵다구."

V씨의 귀에는 그 말소리가 따가운 핀잔으로 들렸다.
그러나 핀잔도 비꼰 말도 아니었다.

싸전 주인은 얼굴을 붉힌 V씨 앞에서 차니 과자니를
권하면서 "잘됐소", "수고했소" 하고 치사를 하면서
입에 침이 없다.

약속한 삯을 받아 쥐고 V씨는 도망치듯 그 자리를
물러 나왔다.

40년 지난 옛일이건마는 V씨는 그 날의 당황을
어제 일같이 기억하고 있다.

그렇게도 어설프고 서투른 솜씨에도 상찬(賞讚)이
있었다는 것은, 뒤집어 해석해서, 잘한 일, 옳았던 일에
대해서도 비난이 있고 악성(惡聲)이 있을 수 있다는
전제가 아니고 무엇이랴!

V씨엔들 과오만 있으란 법은 없다. 때로는 잘한 일,
흐뭇한 일도 있었다. 그러나 옳았다고 생각한 일에도
중상과 비방의 돌팔매는 날아들었다.

그럴 때마다 V씨의 염두를 스쳐 가는 쌀 미(米)자 한 자.

'그때 까닭없이 상찬을 받지 않았더냐!
지금 그 이자를 치르는 게다.'

이자란 으레 비싸게 마련이다.

하물며 복리(複利)쯤 되면 이자 상환은 고율(高率)일

수밖에 없다.

'보람'의 씨앗

만부당한 상찬.

이유 없는 비난.

이 불협화음 속에서 어느새 V씨는 인생의 황혼기에

접어들었다.

집 한 칸이 없고, 사유(私有)한 땅 한 평이 없는

V씨야말로 인간 세상의 척도로는

그지없이 처량한 신세라고 할 것이다.

부귀, 공명, 업적, 명성, 단란한 가정, 안정된 생활,

행복의 대명사로 불리는 가지각색의 메뉴가 여기 있다.

인생의 입맛을 돋우는 요리들 ―

그 어느 것도 V씨는 부정치 않는다.

다만 그런 메뉴와는 인연이 없었달 따름이다.

도대체 행복의 실체란 무엇인가?

인간의 역사가 있은 뒤로 수천 수만의 사상가가,

분학자가, 철학도가……

생각하고 다루어서도

마침내 결론을 찾지 못한 행복의 실체 —

그러나 V씨는 알고 있다.

행복이란 금마차를 타고 풍악을 잡히며 저쪽에서

찾아오는 것이 아니란 것을!

내가 심고 내가 가꾸는 하나의 '보람'— 거기 무너지지

않고 낡지 않는 행복의 씨앗이 숨어 있다는 것을!

　수전노가 돈을 셀 때의 유열(愉悅)—

그것도 행복이라고 이름 지을 수 있고,

창부가 포주로 자리를 바꾼 것을 행복으로 안다면

그것도 의젓한 행복일 수 있다.

하물며 권세에, 명성에, 재화에— 행복의 기준을

둔다고 해서 누구라 나무랄 것이며, 힐난할 것이랴.

그러나 온 세상이 눈에 불을 켜고 찾는 행복에 대해서

V씨는 끝내 회의를 버리지 못했다.

'행복' 그것이 과연 인생의 최종 목적일 수 있을까?

행복이 인용(認容)되고 긍정되는 데서부터 인간의 타락이,

허위와 투안(偸安)이 싹트기 시작한 것이 아닐까?

‘행복’ 이상의 또 무엇 하나가 인생에는 있어야 하지
않는가?

그것이 아니라면 소크라테스는, 공자는, 기독은
천하에 유(類)가 없는 천치 바보들일 수밖에 없다.

나 하나의 영욕과 득실을 떠나
인생에 하나의 ‘보람’을 가질 수 있다면―.
그 보람을 겨냥 삼아 ‘나’라는 것을
살려 갈 수만 있다면―.

그것이야말로 썩지 않고 무너지지 않는 행복 ―

어떤 권력도 굽힐 수 없고, 어떤 도둑도 훔쳐 갈 수 없는

진짜 행복이라고 V씨는 믿고 있다.

　행복이란 기차를 놓친 V씨—

그러나 V씨는 선의의 낡은 망태기를 메고

오늘도 부질없이 아비규환의 거리를 거닌다.

행길가에서, 버스간에서, 인간 생활의 구석진 뒷골목에

숨어 있는 겨자씨 같은 작은 '보람'의 씨앗을 찾아서…….

　V씨가 지닌 인생에의 '보람'—

V씨 자신이 버리기 전에 그 '보람'을,

V씨에게서 앗아 갈 사람은 아무도 없다.